사랑하는 사람이 생긴다면

사랑하는 사람이 생긴다면

발행일   2021년 11월 12일

지은이   김경환
펴낸이   손형국
펴낸곳   (주)북랩
편집인   선일영   편집   정두철, 윤성아, 배진용, 김현아, 박준
디자인   이현수, 한수희, 김윤주, 허지혜, 안윤경   제작   박기성, 황동현, 구성우, 권태련
마케팅   김회란, 박진관
출판등록 2004. 12. 1(제2012-000051호)
주소   서울특별시 금천구 가산디지털 1로 168, 우림라이온스밸리 B동 B113~114호, C동 B101호
홈페이지 www.book.co.kr
전화번호 (02)2026-5777   팩스   (02)2026-5747

ISBN   979-11-6836-014-3 03810 (종이책)   979-11-6836-015-0 05810 (전자책)

(주)북랩 성공출판의 파트너

북랩 홈페이지와 패밀리 사이트에서 다양한 출판 솔루션을 만나 보세요!

홈페이지 book.co.kr   •   **블로그** blog.naver.com/essaybook   •   **출판문의** book@book.co.kr

작가 연락처 문의 ▶ ask.book.co.kr

작가 연락처는 개인정보이므로 북랩에서 알려드릴 수 없습니다.

※ 본 시집은 한국예술인복지재단이 주관하는 창작준비금 지원사업에 선정되어 받은 지원금으로 간행되었습니다.

西路 김경환
제8시집

사랑하는 사람이
생긴다면 사람

북랩 book Lab

시인의 말

지금까지 일을 하다 보면 각자의 짝을 늦게 만나는 사람도 있고 못 만나고 세월 보낸 사람도 있습니다. 첫사랑 해보았던 사람도 있고 첫사랑도 안 해보고 모태솔로로 산 지 오래되어 열심히 자신만의 길을 간 사람들도 많습니다. 솔직히 그런 점에 저도 나이 한 살씩 먹고 있다고 느낄 때가 많습니다. 지난 30년 세월 살아가면서 한 번도 제대로 연애를 해보지 못한 모태솔로로 지내왔기에 이번에 사랑하는 사람이 생긴다면 의미로 시집을 내게 되었습니다.

연애는 아니라 짝사랑은 누구나 해왔고 직장 다니다 친해지고 싶은 사람이 있는데 나중에는 나도 모르게 좋아하고 있었던 사실을 알 때는 그 사람만 보이지만 비록 짝사랑으로 끝나는 것이고, 가끔 내가 사랑하는 사람이 생긴다면 남들처럼 이런 데이트 하며 그런 시간을, 또한 하고 싶은 것들을 이 시집으로 남겨봅니다. 솔로들에게 왜 여자 친구 없냐, 남자 친구 없냐 물어보는 사람들이 많습니다. 다 핑계를 대며 피하는 순간, 하지만 속으로 '소개나 시켜주고 그런 말 하지' 할 때가 많을 것입니다. 저도 그런 생각 안 했다면 거짓말이죠.

젊은이들의 어깨는 솔직히 무겁습니다. 직장 다니며 모아 모아 집을 장만하겠다고 노력하는 청춘들을 뒷받침 못 해주는 지자체나 정부 사람들, 표심 얻기 위해 말로만 하는 정치인들 때문에 청춘들이나 저나 피눈물을 흘릴 때가 많을 것입니다. 그래서 연애는 해봐도 시간 지나면 나도 모르게 헤어지고 솔로로 지내는 청춘들을 흔히 볼 수 있습니다. 그 이후 만나는 것이 두려워 모태솔로로 사

는 청춘들도 있거니와 또 다른 이성들과 연애하고 싶어
도 현실이 맞지 않아 그렇게 혼자 보낸 사람들도 많습니
다. 그중 저도 포함입니다.

앞으로 지역의 활성화가 된다면, 책으로 남기는 사랑하
는 사람이 생긴다면 하고 싶은 것을 적는 것처럼 좋은 시
간을 보낼 수 있는 날이 올까요? 진심으로 왔으면 좋겠습
니다.

오늘뿐만 아니라 잘 사는 대한민국 청년들의 아름다운
미래 보여주는 그런 날 오기를 간절히 기도합니다.

2021년 11월

김경환

차 례

1부

2부

3부

4부

1
부

사랑하는 사람이 생긴다면

30년간 살아오면서
한구석엔 허전함 있고

누군가 이야기하며
인맥이라 생각하면서도
그래도 한구석은 허전함

날 사랑해주는 사람
없어서 허전함은 없어지지 않네

이제 와서 나에게
사랑하는 사람이 있다면

지금까지 모태솔로 벗어나
남들이 해왔던 연애 나도 하면서
달콤하다는 의미 느끼고 싶어라

길거리 지나가면서
연인들의 모습 보면서
부러움 안고 살아왔었는데

이제는 남부럽지 않게
이젠 사랑하는 사람 생겨서
이 세상 다 가진 것 같으니

그 사람 하고 싶은 것
생각만 해도 너무 좋구려

버킷리스트

솔로 사는 나에게도
솔로 사는 청춘들
뭘 하다 보니
연애할 시간 없도다

그렇게 살다 보니
나중엔 나의 여유 있었으면
사랑하는 사람이 생긴다면

이런저런 해보고 싶은 것
메모지 하나하나씩 적어 본다

같이 여행이나 먹거리
휴가는 그 사람과 갈 곳
그런 내용 조용히 빈 종이에

언젠가는 나에게도
사랑하는 사람이 생길 것이요

그동안 나는요
외롭게 인생 살아왔으니
사랑하는 사람과 멋있게
행복한 삶을 즐거운 삶을
남부럽지 않는 사랑하면서

지금은 버킷리스트에
내 주머니 가지고 다니고
미래 위해 할 일을 남기는구려

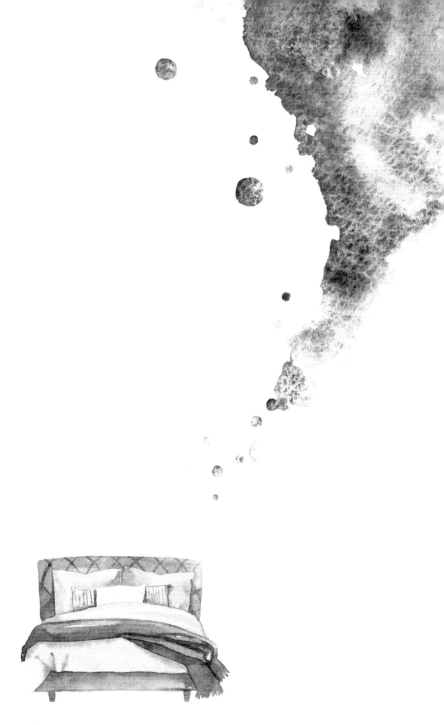

꿈 이야기

내 몸이 피곤하여
침대 누웠더니
나도 모르게 꿈나라 간다

이때 내가 꾼 꿈 이야기
그 꿈은 솔직히 계속 꾸고
싶은 마음이 굴뚝 가득하네

나의 꿈속에는
집필하다 잠을 깼는데
내 방 나오며 거실에
사진 하나 걸려 있어서
보았더니 나는 유부남으로

내 아내는 누구인지
결혼사진을 보니까
다름이 아닌 항상
점심 때 같이 먹고 같이 놀고
신경 쓰고 같이 있고 싶은 사람
항상 나에게 말벗 되어준 그이

그이 뒤에 가는 순간
나도 모른 행복함이 넘치고
이 꿈에서 나가기 싫을 정도

지금 생각해 봐도
다시없는 나의 꿈 이야기
왜 내 꿈속에서는
그이가 나왔는지
너무 내 자신에게 의구심
너무 가깝게 가고 싶어서

그이는 나에게
정이 더 가고
같이 있으면 웃는 날
오늘도 그이 그립고
너무 보고 싶었구려

백지 한 장

내 가슴 속에는
항상 백지 한 장 있다

그 백지는 그이의 이름
지금도 그이 보고 싶고
안 보면 나도 모르게
그이가 너무 그리워서

저녁에는 그이의 얼굴
생각이 나 잠을 들지 못하고
내 가슴속에 있는 백지엔
항상 그이의 세 글자 새겨져 있더라

잠시 같이 있어서도
더 가까이 갈 기회를
놓친 것처럼 난 후회만 가득

내가 기분 좋을 때
내가 행복할 때는
오늘 점심을 그이와
그이가 나한테 연락할 때

난 오늘 온종일
남부럽지 않은 일상을

아직도 내 자신은
나도 모르겠다

왜 그이를 친해지고 싶을 뿐인데
이제는 그이를 연모하는가

신경 더 써 주고 싶고
그러다 정이 들어서인지
그이만 내 머릿속에 맴돌고

오랜만에 그이와 같이
근무했던 사무실 갈 때
나도 모르게 마실 것을
내 손 들고 찾아간다
인부차 들르지만

솔직히 난 내 가슴속
있는 백지 한 장 그이 이름
보러 간다 오늘은 점심도
같이 하기 위해 가는구려

사랑합니다

인간은 살다 보면
누군가 사랑하면서
행복 꿈꾸는 사람 있고

인간은 살다 보면서
누군가 좋아하므로
그 사람 되기를 바라는 맘

하루하루 살아가고
누군가 사랑하면 그 사람만
오로지 내 맘에 깊이 남네

하지만 당당하게 사랑한다고
말로는 솔직히 겁이 난다

사랑한다 그 말 한마디
그이의 반응 어떨지 모르지만

혹시라도 서로 만남 통하여
나에 대한 실망감 생길까
그런 생각에 선뜻 나서지 못하리라

하지만 끙끙 앓고 살 바에
말이나 뱉어 보고 싶은 맘
그이에게 사랑합니다 그 말
이 다섯 글자 내 맘이구려

술 한 잔

오늘따라
온종일 술 생각난다

왜 그이가 그리워서
왜 그이가 보고 싶어서
술김에 그이에게 말 한 번
그래서 그이 다가갈 기회라서

언젠가는 적응하려고
애쓰는 그이와 함께
그이의 고민거리 들어주고
그이와 이런저런 이야기를
그러고 싶어서 술 한 잔 그립다

내 고민거리 그이에게 말하며
비록 술김에 내 맘 보여주지만
그 계기로 더 가까이 갈 기회 얻으리

이 지역에서 타 지역 살다 온 그이
낯설지 않는 전라도 살고 또한
직장도 여기로 다니니 챙겨주고 싶어라

시간 날 때 그이의 말벗을
또한 나이 차 있을지라도
술친구 가까이 되어 주고 싶으며

오늘도 그이가 생각납니다
이 기분이 무엇일까요?
나도 나지만 모르겠구려

들어선 10월

그리운 그이 생각하며
10월 한 달 시작한다

그전 더 친해질 수 있는 기회
금방 끝난 것처럼 느껴지면서
그이 만날 수 있기를 바라며
오늘 하루 보내고 그이를 그리움

가을의 단풍잎 물들일 때
그이와 같이 갈 수 있을는지

나는요 그이와 같이
보낼 수 있으면 좋겠네

오늘도 내일도
저 단풍 물든 나무 보며
오히려 그리워하는 그이

밤하늘에는
쳐다보면 그이의 얼굴
천사처럼 그려집니다

지금도 여전히 그이 행복함
지금도 여전히 그이 즐거움
10월 1일 새벽 눈물 흘리며
성전에서 무릎 꿇으며 기도하고

10월 매일매일 그이 생각만
10월 첫 주말은 더 보고 싶은 그이

내 맘은 여전히 길을 해매이고
내 맘은 갈대처럼 그이만 바라보고
그이 그리워하는 만큼 글을 남긴다

이렇게 10월을 보내는 날
그이는 뭐 하고 지낼지
너무나 궁금하구려

새로 생긴 파스타집

전라도에서 30년간
살면서 전혀 파스타집은
전혀 관심 없던 나

지인 통하여 들은 파스타집
오픈한 지 얼마 지나지 않았지만
그때까지 관심 없던 나

주로 중화요리나 돈까스
그런 위주로 먹었던 내가

사랑하는 사람 때문에
그이 덕분에 파스타집 관심을
그이와 함께 가봅니다
이름만 보니 모르는 내가
부끄럽고 창피함이 묻어나네

파스타집 안에는 이렇게
파스타는 이렇게 나오는 것을
마냥 어린아이처럼 신기하며

점심시간에 그이와 같이
새로 생긴 파스타집 먹는 게
오늘 하루 가장 행복합니다

메뉴판 보니 눈앞 깜깜하며
그이는 알아채고 시키는 모습
처음 먹어보는 나에겐 새롭다
신세계 온 기분이요

그이 덕분에 그 사람 때문에
생소한 음식 대한 관심사
날 새롭게 만들어 준 사람이구려

보름달

올해 보름달 아름답게 떴구나
타 지역에서 올라온 그이
정착할 수 있게 해 주기를
이번의 내 소원은요

아직도 적응되지 않아도
보름달처럼 닮은 그이
경상도 처녀가 전라도에서
공직자로 온 자체가 대단함

아름다운 보름달에 소원 빌면
들어준다는 얘기해 준 것처럼

이번 그이를 위해
내 욕심이 아니라
그이가 정착할 수 있게
난관 없이 헤쳐 나갈 수 있는 용기
그이 생각대로 잘 풀리고
건강과 행복 즐거움 안고
살 수 있는 그이가 되는 것

내 소원이니 제발 그 소원을
아름다운 보름달에 비오니
제발… 들어주시구려

추석

일 년 풍요롭게 보내는 명절
코로나19로 보내는 연휴지만
건강 위해서 마음만 전하고

그이는 추석 연휴 동안
당직 서야 한다는 이야기
사무실로 나온 어린 소녀

남들은 집에서 쉬고
가족들은 모이지 않아도
간단하게 송편도 빚으며

3일간 연휴 동안
점심은 당직 서는 그이
나는 사무실로 나와 점심 같이

추석 저녁에 밤하늘이 보니
우연히 밖에 보니까 여전한 그리움
보름달을 보면서
새로운 소원을 빌어본다

추석 연휴 마지막 날
오전 8시까지 알바 마치고
2시간 동안 쪽잠 자고 사무실로
점심은 그이와 함께 하기 위해

잠에서 덜 깬 얼굴로
사무실로 점심 먹으며
그이와 함께 가고 있더라

지금도 그 맘 변하지 않을까
솔직 변하지 않았으면 좋겠구려

2
부

맛집

이곳에서 살아온 세월
30년 동안 맛집 다 알고
자부심 안고 살아왔던 나

지금은 맛집은 있어도
어디 있는지 잘 모르는 내 모습
너무 부끄럽고 그이 보기 민망스럽다
그이 앞에서 어떻게 살아가야 하는지

내가 살고 있는 이곳
그이가 맛집 어디 있냐고
그 말에 몇 군데만 알고
더 많은 맛집은 모르네

인터넷에 검색해 보니
내가 상식 벗어나 많은 맛집
진심으로 내가 사랑하는 것보다
많이 있는 걸 보고 쓸쓸합니다

그이는 그래도 날 위로해주며
이곳 오래 사는 사람은 잘 모른다고
그 말 들으니 맘 한구석은 위로되구나

우리 지역 근처 이웃 시, 군이라도
맛집을 알고 있어야 하는데
하나만 알면 하나 알고 있는 나

이제는 사랑하는 사람이 생긴다면
더 많은 맛집을 같이 다니면서
좋은 시간을 보내면서 멋진 하루를
그런 맘 가지며 지금도 살아가는구려

타 지역에서 온

타 지역에서 온다는 소리
아무리 생각해 봐도 신입 공직자

우리 지역에서 공무원 생활 하기 위해
2시간 이상 걸리는 경상도에서 온 20대

타 지역에서 가까운 지역이 있는데
그이는 어찌하여 멀리 있는 전라도
왜 왔는지 참 궁금하네

내가 살 수 있는 곳
집 구한다가 진땀 빼면서
그냥 출퇴근할 수 있는 지역으로

그이는 가까운 지역도 아니요
빠르면 2시간 늦으면 3시간 정도
그런 경상도 아가씨가 적응하려면

지역문화가 다르고
지역 적응 시간 걸릴 것이요
경상도와 전라도 화합이…
오는 경우 흔히 볼 수 없는 케이스

그이는 더 특이한 매력 가진 자
가까이 가면 갈수록 친해지고 싶어라

그이는 적응하려고
지금도 애를 쓰고
더 배우려고 노력하고

타 지역에서 온 경상도 아가씨
한편으로는 엄청 귀여운 아가씨
웃는 모습은 어찌 비유하오니까

내가 살고 있는 지역은
또 한 명의 인재가 왔구나 왔어요

지금도 나는요 그이에게
내 손을 내밀어 줄 것이구려

단둘만의 시간

세상에서 다 가지는 건
오로지 단둘만의 시간
나와 그이 보내는 시간을

한 직장 안에서 같이 근무하면서
그렇게 보낸 시간 있어도
단둘만 있는 시간 있다면

단둘만의 커피 여유 한 잔
단둘만의 근처 산책 하며
단둘만의 점심 먹으며
이런저런 이야기하다 보면
오늘 하루가 지나고 그러다 보면
어느새 한 주가 지나고 한 달이…

누군가 같이 간 적은
없는 기억이 이제는
사랑하는 사람으로…

언제 시간이 난다면
기회 주어진다면
그이와 단둘만의 시간
난 세상 다 가진 것과 같더라

같이 드라이브하며
같이 밖에서 만나면서
즐거운 시간 보냈으면
나에게 행복한 삶이 될 것이구려

없던 병 생겼다

나에겐 없던 병 생겼다
그 이유는 딱 하나 그이 때문

나 혼자 그이 그리워하기에
나 혼자 그이 생각하며 하루를
잠이 들기 전까지 그이 떠올리며
뭘 하여도 그이 밟힌다

일은 가까이 있으면 잡히지만
멀리 떨어져 있다면 잡히지 않네

주말에도 평일의 퇴근 이후라도
계속 그이의 이름이 맴돌고

다음 날에 본다면
왠지 오늘 하루는
좋은 일이 있을 것 같이

안 보면 불안감이 드는데
이 기분이 왜 그럴까요?
걱정만 가득 안고 하루 보내고
하루가 빨리 안 가는 기분이 들더라

그 병 고치려면
그이와 같이 시간 보내며
고된 스트레스를 날려 보내시구려

콧노래

나의 모습은
오늘 하루는 굿

나의 콧노래 나오고
남들이 날 보면
무슨 일이 있는지
한 사람씩 물어볼 것이요

오늘도 그이 볼 수 없고
오늘도 그이 위해 할 수 없으면
과연 오늘 하루가 굿이 될까?

너무 행복합니다
너무 즐거운 인생입니다

지금도 그이 바라볼 수 있기에
지금도 그이 곁에 내가 있으니

내일도 모레도
한 주도 콧노래는
그이 때문에 들떠 있더라

이렇게 언제 기분이
좋았던 기억 남을 것이고

다음 주 다시 그이 보면
다르게 보이는 그이라서
새롭게 나의 행복함과 즐거움

그이 때문에 버티고
나의 콧노래 지금도 나오는구려

내 머릿속 그 이름

사람의 이름은
대수롭지 않다

그이의 이름
특이하다 나에게만

그이 이름은
나에게 연예인 같고
나에게 웃어른 같다

그이 이름 석 자
내 가슴속에 간직하며
하루하루 보내면서

내가 기분 좋아지면
다 그이 때문이고

내가 기분 안 좋으면
그냥 내 기분 탓이고

내가 즐거워하는 이유
그냥 그이와 같이 있어서

내 모두 변화 준 그이 때문
불행보다 행복 더욱 깊어지고
그이의 웃음소리 때문에 나도 웃더라

기차 타고 버스 타고
어디 가든지 어디 가든지
내 머릿속에 그이 이름
중독처럼 잊어버리지 않고
계속 자꾸 떠오르는구려

밥 한 끼

그이와 함께
근무하고 지냈던 사람

지금 와서 생각해 보니
밥 한 끼 먹은 적은
몇 번 정도 먹었더라

그이와 같이 밥 한 끼를
같이 있을 때가 언제였고
그런 생각이 듬뿍 난다

같이 있었을 때
더 보냈으면 그 소원
바로 아무것도 아닌 내 소원

이젠 다른 데 갈 사람인데
밥 한 끼 언제 그이와 함께

마주 보며 밥 한 끼 먹고
잠시 앉아서 이런저런 이야기
배꼽 잡고 웃어 볼 날이 언제 또 올까?

그날이 나에겐 행복이요
그날이 나에겐 즐거움이요
그날이 나에겐 소중함이요

또 언젠가는
또 다시 그런 기회를
난 그이 아니면 안 되는가
오늘도 그리움 가득 남는구려

아름다운 분수대

낮에는 날씨가 덥고
그런 날 같이 지내면서
이 더위가 언제 지나갈까

지나가다 보이는
물줄기 나오는 분수대
더워서 그 분수대로 뛰어들고

저녁에는 분수대에서 아름다운 불빛
그 불빛 인하여 그런 생각에 잠긴다

그 불빛 보는 왠지 그이 보인다
그 불빛처럼 그이 아름다운 사람이니까

그이와 같이 아름다운 분수대
벤치 앉아 물이 나오는 분수대 보며
각자의 힐링 가지는 순간 말 안 해도
그 옆에 나오는 그이 숨소리만 들어도
난 오늘 밤 잠이 푹 잘 올 것 같구나

낮에는 날씨만 더울 뿐만 아니라
직장 안에서 받은 스트레스 때문에
고생하는 그이 출장 잦아서 힘들어 하는데

밤에는 그걸 다 잊게 해 주는 것이
바로 아름다운 불빛 나오는 분수대
사랑하는 사람과 손을 맞잡아서
이 분수대 주변에 걸어 다니면

왠지 스트레스 다 날려가는 기분이요
그것이 사랑의 힘인가?

내일 아침 오면 똑같은 일상이지만
그래도 오늘 밤은 내일 생각 안 하고
이대로 그이와 함께 날 새우고 싶어라

벤치 앉아서 이런저런 이야기하며
분수대에서 물을 맞으며 화려한 밤을
그이와 함께라면… 엄청 좋을 것이구려

그이 품 안

누구나 사랑하는 사람
그 품 안이 잠들고 싶은 마음

그중 한 사람 바로
내가 사랑하는 그이

내가 지칠 때
내가 누군가에
그이 품 안에 있고 싶어라

밥 먹을 시간에도
같이 옆에 있으면
최고의 하루 보내는 것이요
그런 생각이 자꾸 드네

누군가 위로 받고 싶을 때
말없이 기대고 싶을 때
그이 품 안 있으면요
왠지 기분이 달라지는구나

지금도 나는 그이 품 안
그이를 안아주면
서로 위안 삼는 것이고

힘들 때 포기하고 싶을 때
일상 보낼 때는 버팀목은
바로 내가 사랑하는 사람이
같이 있고 연락하며 보내기 때문이구려

그냥 그이가 좋습니다

지금 난 행복합니다
그냥 그이가 좋습니다

그이는 항상 웃는 모습을
그이와 같이 있으면
오늘 하루 잘 풀릴 것 같아서

그이가 뭘 하고 있든
그이 옆에 있는 자체
그냥 이유 없이 좋다

뭘 해도 같이 하고 싶은 이
항상 날 재미있게 해주니까

항상 웃어주는 그이
살아가는 그 맛을 느끼며
지금 내 할 일을 하면서

단둘이 같이 있으면
시간이 가는 줄 웃고
단 굴이 같이 있으면
항상 빠르게 먹는 내가
그이와 말하다 천천히 먹네

그냥 그이가 너무 좋아요
그이가 날 다른 사람으로
그이가 인연이라면 얼마나 좋을까

잠시일 뿐이 아니라
계속 그이를 볼 수 있다면
난 그이만 있으면 살 수 있는데

지금도 내 방에 의자에
우두커니 앉아 있어도
그이 생각해 저절로 웃음이

지금도 내 눈엔 오로지
그이만 보이는구려

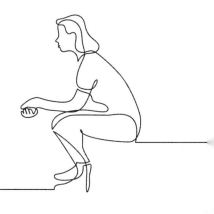

3
부

배필

올해 내 나이는
20대 막 지나 30대로

나의 주변 사람들이
나에게 흔히 하는 말

잔소리처럼 하는 말이지만
나도 그러고 싶은데
말처럼 쉽지 않는 일이기에

내 배필을 찾을 한 해
올해는 장가가야지 소리
내 귓가 들리니까 난 어떻게
해야 할지 몸 둘 바 모르겠네

솔직히 나도 사랑 찾고 싶은 맘
내 친구도 연애한다는데
내 신세는 왜 그럴까

한숨만 푹 나오고
이젠 배필 걱정 때문에
불면증이 젊은 나이에 나오고

내 배필은 가까운 곳에 있을까
아니면 배필은 멀리 있을까

지금은 그립고 보고 싶은 이
내 마음은 한구석에 있는데
내 마음을 밝히지 못하는 신세

오늘도 가끔 그이가
꿈속에 나올까 말까

그래도 그이 위해
기도하며 하루 보내면서
어떻게든 나는 살고 있더라

이젠 배필 빈자리 채우려
시동 걸고 배짱으로 살 것이구려

손 편지

그이 사랑하는 마음
표현하고자 편지 쓸려고

빈 종이와 볼펜 놓고
내 맘 표현하려고
마땅히 쓸려고 하니
쓸 말 잊어버리고 시간만

손 편지 쓰겠다고
일주일이 걸리고

손 편지 힘들게
그이에게 썼지만
전해 줄 용기 없구나

이 편지 본 그이
반응이 어떨지 궁금증 안고

그이가 내 맘
알아주기 바라는 마음으로
손 편지 쓰며 전해 주지만

가끔은 그이 생각하며
내 맘을 알리고자
지난 잊어버린 그 말을
다시 생각하기 위해 노력하는구려

3월 14일

3월 14일은
내 맘 전해 줄 수 있는 기회

남자가 여인에게
사탕 주면서 표현하는 것이요

그이에게 하고 싶은 말
종이 손수 적어 사탕과 함께

인형과 같이 있는 사탕
솔직히 난 겁이 나네

지금 직장 동료로서
내가 그이에게
한 걸음씩 가고 있는데

이 기회 때문에
더 서먹해질까 두렵소

하지만 내 맘을
표현을 안 하면
후회할 것 같아요

가게 들어가면
어떤 사탕을 살지
그런 생각만 가득하구려

가 보고 싶은 곳

한 번쯤 가 보고 싶은 곳
사랑하는 그 사람이기에
그리워하는 그 사람이기에
한 번씀은 TV 나오는 곳에
그이와 함께 가 보고 싶다

TV 보이는 유채꽃 전경을
TV 보이는 지역 행사 나오고
그이와 같이 가 보고 싶은 맘

그렇게 가지 못하는 내 마음
너무 아쉬운 그이 대한 내 맘

솔직히 그이 사랑하니까
그이 보는 순간 나에겐

코스모스 피어 있는 곳
희망 넘칠 수 있는 곳
그이와 같이 가 보았으면

그이 옆에 있으면
이 세상 가진 것 같은
그것이 사랑이라 하는가

대충 알았던 사랑
그이 때문에 알게 되었구려

수다

인간은 수다 떨며
한 사람은 스트레스 풀고
한 사람은 기분 좋아지고

친구와 수다 떨고
동료와 수다 떨며
서로 간 뒷담화 하는 재미

수다 통하여 공감을 찾고
수다 통하여 갈 길 찾는다

나의 수다는 오로지
내가 사랑하는 그이

커피 마시면서
그이와 이런저런
수다 떨다 보면 어느새
시간이 가는 줄 모를 정도

그이 같이 수다를
얼마나 기분이 좋을까

사랑하는 그이와 수다를
헤어진 뒤엔 모르는 행복함
단둘이 수다 할 수 있는 날

사랑하는 사람 있다면
한없이 실컷 웃는 날 오겠구려

마스크 가린 그이 얼굴

그전에는 그이가
항상 아름다웠던 그이

처음에 그이가 입사하는 날
나의 첫인상 인재 같은 사람
나 홀로 생각했던 그이 품격

누구든지 이야기하면서
민원인들과 웃으면서 보내는데

이젠 코로나19 인하여
마스크 쓰고 다니는 이 시국
그 아름다운 그이의 얼굴을
이젠 마스크로 가려져 아쉽더라

아름다운 그이의 얼굴
언제 마스크 벗는 날 오는가

그날 오기만 간절히 기다림
아름다운 그이 얼굴 볼 수 있을까

항상 귀엽고 매일 웃는 모습
저 멀리서 보면 예쁜 어린 아가씨
그이 모습 앞에 아련히 남는구려

욱했던 시간

살다 보면
욱했던 시간
한 번쯤 겪어 왔다

나한테 안 좋은 말
내 귓가 자꾸 들린다

내가 신경 쓰이면서
내가 사랑하는 그이
내가 그리워하는 그이
뒷담화 해서 내 기분이 영…

그이에 대한 것이라면
내가 욱했던 시간들

인재다운 그이를
길을 만들어 주지 못해도
그이 대한 막말 듣기 싫구나

사랑스러운 그이는
뭘 하여도 잘할 것 같은데

행복한 그이와 함께
희망 안고 사는 그이
내 성격도 많이 변했구려

새끼 강아지

왠지 새끼 강아지처럼
모르게 귀엽고 예쁜지
한편 키우고 싶을 만큼
내 맘 설레게 하는 그 매력

하루 볼 때마다
해피 바이러스처럼
기분 좋아 어쩔 줄 모르네

새끼 강아지 보면
하루가 어떻게 가는지
그이 바라볼 때 그 심정

그이 볼 때마다
왠지 새끼 강아지 같은 느낌
그런 맘 항상 가지며 그이를 본다

새끼 강아지 안으며
따뜻한 품 안에서
그이는 따뜻하게
같이 있는 날 많았으면

새끼 강아지의 애교처럼
새끼 강아지의 귀여움
항상 그이 보면 새끼 강아지

새끼 강아지 안으면서
따뜻한 품 안에 있는 것처럼
그이의 따뜻한 품 안에
안기고 싶은 내 맘이요

새끼 강아지가 가진 매력들
그이에게 다 있는 것이구려

유튜브

인생 살다 보니
어떤 사람이
나에게 관심 있는지
생각지 못한 일 생겼다

그이는 나한테
파격적인 제안 하나를

생각도 하지 않은 것을
볼 수 있지만 할 줄 모르는
그이는 이야기할 때마다

지금은 핸드폰에서 보는 유튜브
컴퓨터에서 크게 볼 수 있는 유튜브

영상 하나씩 컨셉 잡고 올리면
구독자 수 따라 수익도 나는 유튜버

근데 그이는 항상 이야기할 때
유튜브 해보라고 제안하지만
난 솔직히 할 줄 모르고 겁이 나네

컨셉은 뭘로 유튜브 찍어야 할지
그이는 그냥 내 일상 찍으라고 하는데
유튜브는 볼 줄 알지 그런 자신감은 없구나

하도 하도 그 말을 하는 그이
지금은 갈팡질팡하고 있고
난 어떻게 해야 할지
그이 생각하면 고려해 보지만
지금도 모르겠다 쉽지 않는 선택이요

하지만 그이는 원하는데
시작도 어떻게 할지도 모르고
만약에… 만약에 유튜브 한다면
수익 난다면 약속합니다 그 수익금은
오로지 유튜브로 이끈 그이의 몫이구려

야영

캠핑장에서 텐트 치며
시간을 보내고 싶은데

그이와 함께
야영을 하면서
행복한 시간을 보내자

힐링 겸 행복을 위하여
즐거움 겸 멋진 추억 위하여

그이와 함께
누가 보지 않는 곳
단둘만의 시간을

같이 음식 해 먹으며
캠핑장 가까운 노을 보며
내 눈이나 그이의 눈에
아름다운 전경을 담아가고

추억의 멋진 사진 한 장
바로 그이와 보냈던 야영

같이 등산도 가보고
같이 즐길 수 있는 것을
물놀이도 시원하게 즐기며

그런 시간을 보내면
어린아이처럼 웃고
그런 추억 사진이 나올 텐데

남녀 연인들의 맘이
다 똑같을까 아니면 나만
외롭게 살았던 나에겐

그런 날이 제발…
그이와 함께 행복 위해
그이와 같이 즐거움 위해
야영 가는 날이 왔으면 좋겠구려

4
부

인형 뽑기

길거리 지나가다
내 눈에 확 들어온다

많은 인형 있는 뽑기방
그이 닮은 인형들이 있기에
잘 뽑지 못하지만 도전 정신

그이의 선물로 주고 싶어서
시간 날 때 여유 있을 때
오늘도 인형 뽑기 하러 간다

인형 한 개 뽑을 때
그 기분 말로 표현할 수 없고

그 인형 가지고
더 욕심으로 또 투자하네

인형 하나 가지고 있으면
왠지 그이 보고 싶어서
난 기분이 좋고 하루는
새처럼 날아갈 것 같구나

시간 나면 새벽에 잠이 안 오면
새벽바람 맞으며 가는 곳
오늘도 저녁에 밤바람 맞으며
가는 곳은 당연히 인형 뽑기방으로…

그 인형은 바로 그 사람의 것
나는 그이에게 빠진 바보이구려

점심시간

연인들은 점심시간
되기 전부터 설렘 안고
사랑하는 이와 함께
맛있는 것을 뭘 먹을까

나에게 그런 날 온다
나도 그이와 같이
점심 먹으며 여유 있으면
커피숍 가서 커피 한 잔을

그래도 난 행복합니다
하루가 즐겁게 그이 때문
더 맛있는 음식점을 인터넷 보고
점심시간 되면 그이 함께 간다

그이 먹는 모습만 봐도
부모처럼 난 배부른지

그이는 날 변화 주었고
내 살아온 가치관 깨어준 사람

점심 이후에는
오후에는 그냥 웃음이
그냥 그이가 있기 때문이요

누군가 사랑하면
바보가 된다는데
나는 이미 바보 되었구려

카니발 리무진 신차

나의 목표는요
카니발 리무진 신차
9인승 가솔린 6,400만원

지금 내 형편으로
작은 스파크 운전하지만
내 머릿속에는 항상
카니발 리무진 신차만

내가 그 차를 사고 싶은 이유
딱 한 가지 사랑하는 그이
같이 다니고 싶은 곳 가고 싶어서

카니발 리무진 신차로
행복한 하루 보내기 위해
그래서 카니발 리무진 신차
사는 게 내 인생의 목표이더라

그것 때문에
열심히 알바까지 투잡
그것 때문에
긁는 복권도 사고
로또 복권 사는 것이요

진심으로 진심으로
나도 모르게 빠져버린
카니발 리무진 신차로
그이와 함께 보낼 수 있다면

생각만 해도
꿈만 같았구려

장롱 면허

그이 면허 딴 지
오래되었지만 운전은
한 번도 하지 않는 그이

근데 부모님의 선물로
신차 뽑게 되었다고
그이는 걱정스러운 모습

고민하는 그이에게
고민 덜어주고 싶어서
도로연수 학원 중에서
내가 아는 지인 소개 시켜주며

그 학원에는 날 봐서
그이 잘 좀 해주라고
부탁 못 하는 내가 부탁한다

장롱 면허라 그 말 한마디
그이 맘 고생한 것을
그런 모습을 보기 싫어서

지금은 새 차 나와서
아직까지 안전 운전 하며
잘 다니는 모습 보니 너무 좋더라

본인은 운전은 부족하다고
그것은 시간이 약이요
그것은 세월이 약이니까

안전 운전만 할 수 있게
내 맘 속으로 중얼거리며
오늘도 출근하고 퇴근한다

하지만 걱정 달리
맘이 평안하게 가볍네
그이의 운전하는 모습을

항상 안전 운전은
나의 두 번째 기도 제목이구려

편의점

출근하기 전
습관적으로 들리는데

편의점 들어가서
행사 상품 커피 사고

그 커피를 사는 이유
사랑하는 사람에게 주기 위해

투잡을 편의점 알바하면서
손님으로 그이가 올까
이런 모습 보여줄까 봐 두렵소

새벽에 손님 없는 시간에
사랑하는 사람이 날 보러 온다면
그이와 수다 떨며 시간 보내면
난 이 세상 다 산 것처럼 행복함

그이와 함께라면
편의점 야간하면서
피곤하지 않고 피로회복제이니까

알바 마치면서
하나씩 상품 행사 사고
나중에 사무실 가면
그이 주기 위해 보관하고

그래도 난 행복합니다
알바하면서 그이를
생각할 수 있으니까

지금은 내 몸은 망가져도
내가 사랑하는 사람 때문이라도
그냥 좋고 그냥 행복하고 즐거운 인생이구려

향·술·꿀

내가 제일 좋아하는 향
멀리 있어도 그이의 향

그 향 때문에 취해 버리고
오늘도 어떻게 살아간다

내가 제일 좋아하는 술
사랑하는 그이의 달콤한 입술

일반 술집에 있는 술
맥주도 아니고 소주도 아니고
폭탄주도 아니고 막걸리도 아니고
탁주도 아니고 양주도 아니더라

그 달콤한 입술로
내 기분 주체 모르게
행복함과 즐거움 만끽을
그날이 언제 올까

그이만 보고 있어도
그이만 옆만 있으면
나도 모르는 꿀이 떨어지는데

그런 시간을 보내고 싶고
그런 하루하루 보내면서
이 세상 가진 것처럼
오로지 그이만 있다면

가까이 있으면
내 맘이 어떻게 하는가

너무 좋아서 정신 못 차리고
사랑스런 그이에게 향, 술, 꿀

그이 떨어지고 싶지 않고
달달하게 보통 연인들처럼
이제 나도 남부럽지 않는 하루

난 행복한 삶을 그이 통해 사는구려

논두렁

그이와 함께
시골에서 나들이

논두렁 드라이브하며
모내기할 때 그이와 함께

사랑하는 마음으로 심은 모
모가 자라나서 우리 사랑처럼
풍년 되어 수확할 때 그 쌀로
그이와 함께 집밥 해 먹을 기회를

논두렁 손잡고 걸어 다니면서
특유한 냄새 나지만 그래도 행복합니다

오로지 나 혼자 아니라
사랑하는 사람이 있기에

이 논 이모작하여도
힘들어도 나는요
힘든지 모르겠네요

오로지 내가 사랑하는 사람
같이 하고 있어서 그런가 봅니다

벼가 키가 내 허리만큼
마른 논 같이 잡고 걸어가세

논두렁 보는 특별한 전경을
그이와 함께 시골 옷차림 하고
별난 시간을 보내고 싶구려

자전거

주말에는 자전거 끌고
누군가 만나러 갑니다

내가 사랑하는 사람한테
같이 자전거 타면서
시간 보내려고 갑니다

저녁에는 공원 나들이
지나가던 포장마차에서
같이 먹으면서 시간을 보낸다

시내 그이와 함께
자전거 달리면서
오늘 스트레스 그이와 함께
자전거 달리면서 날려 버리고

잠시 쉬는 벤치 앉아서
음료수 마시면서 그저 웃기만
내 옆 있는 자체가 나의 힐링이요

도로 옆으로 달리다 보면
코스모스가 우리 사랑을
축하해 주는 것처럼 환영해 주네

사랑하는 사람이 생긴다면
나는 먼저 자전거 두 대 살 것이요
그이와 같이 탈 자전거를…

같이 보낼 수 있는 자체
그냥 행복이요 즐거움이요
멋진 인생을 사는 것이구려

…아

새벽바람 맞으며
한없이 불러본다
…아 …아

어두운 밤 안 보이는 바다
한없이 외쳐봅니다

…아 사랑한다
…아 보고 싶다
내 귓가에 메아리로

저녁에 문 앞에서
밤하늘 아름다운 별 보며
저 별처럼 고운 …아 그립다
저 별처럼 아름다운 …아 뭐 하니?

누군가 사랑하면요
떨어지기 싫고 한 시간만
더 있고 싶은 것이 사랑인가요

콩깍지 씌어서 보이는 것도 없고
그이만 아름답게 보이고
그이만 남보다 예쁘네

…아 …아
내 맘 받아주면
그 얼마나 좋을까

그이는 정말 고마운 사람
앞으로 잘해주고 싶은 사람
그이 때문에 사랑 알게 되고
내 행복한 삶을 사는구려

3일간

3일간 그이는 멀리
교육 받으러 가고

3일간 그이의 웃음
허전함이 보이고

3일간 그이의 목소리
내 귀에는 간지럽다

3일이 언제 갈까
3일 후에는 그이를

멀리 교육 받으러 간 그이
올 때 갈 때 안전 운전 하며
무사히 교육 마치고 오기만을

남들 앞에서 웃어도
속으로는 타들어 가고
3일이 왜 이리 길게
처음으로 느껴본다

나의 3일은 왠지 고난이요
3일 후에는 축복 받는 사람
왠지 그 기분이 드는구나

교육을 무사히 마치고
건강한 모습으로 3일 후
안도와 긴장감 풀리고

새로운 하루를 행복하게
마냥 그렇게 보내기를
간절하게 바라는구려